위로를 건네고 싶을 때 늘 망설여졌다.
그런데 그게 꼭 '말'로 표현될 필요가 있을까?
우리는 모두, 각자의 강한 개성이 있다. 그 방법이 똑같을 리가 없다.

안녕. 네가 토끼지?

내가 홍당무야. 일찍 왔네?

스물다섯이라고 한 홍당무의 첫인상은 십 대 소녀 같았다.
밝고 매력적인 미소에 나는 약간 주눅이 들었다.

런던에 도착한 뒤, 제일 먼저 인터넷으로 영어 선생님을 찾았다.
홍당무는 내가 합격한 학교에서 같은 전공을 공부했고, 한국어를 배우려는 영국인이었다.
취미로 여러 가지 언어를 공부하고 디자인, 일러스트레이션, 사진, 요리를 좋아하는 홍당무는 호기심이
넘치고, 다재다능한 매력적인 사람이었다. 그 애를 만날 때면, 저기 멀리서부터 따스한 빛 뭉치가 나에게
팔랑거리며 천천히 다가오는 것 같았다. 오렌지색 머리카락이 햇빛을 만나 노을처럼 밝고 따뜻한 빛이 났다.

나는 나이만 몇 살 많을 뿐, 그 애처럼 능동적이지도, 화사하지도 않은 인간으로 느껴져서 평소보다 더
수줍어하고 쭈뼛거렸던 것 같다.

우리는 트래펄가 광장 근처에서 일주일에 한 번씩 만나 같이 공부했다.

와, 너랑 진짜 똑 닮았다! 동생이야?

다들 오렌지색이네. 닮았다. 많이.

어…… 그런데 네 눈 색만 다르네?

응, 혼자 튀지? 내 눈은 외할머니 나나를 닮았어.
머리카락은 다 오렌지색이라 별명이 다 캐럿, 펌킨. 그랬어. 지겨운 주황색……

홍당무의 이름은 캐럴라인이었다. 줄여서 캐럴.
오렌지색 머리카락이 놀림거리가 되기 시작하면서
집에서도 학교에서도 그녀는 항상 캐럿, 홍당무로 불렸다.

오렌지색 머리카락은 영어권 문화에서 부정적인 인상이 있다.
서구권에는 적발의 여성은 문란하다는 편견이 있고, 옛날 뱃사람들 사이에서 붉은 머리는 불운을 불러온다고 미신도 있었다.

한국인은 거의 비슷한 색상 팔레트를 가졌다.
나는 피부색이나 머리 색으로 인한 수많은 오해와 선입견들에 대해 무지했다. 서른 살이 되도록 지구 한편에서는 머리 색이 빨갛다는 이유로 누군가는 미움을 받을 수도 있다는 사실을 알지 못했다. 그게 유년 시절부터 콤플렉스로 작용할 수 있다는 것도.

내 영어 실력은 형편없었다. 하고 싶은 말을 적절하게 표현하는 것에 무척 서툴렀고, 에둘러 말하는 건 불가능한 수준이었다. 때로는 '방금 내가 뭘 말한 거지?' 싶은 이상한 단어와 문장들이 툭 튀어나왔다. 예를 들면,

때때로 홍당무는 목이 아프다고 했고, 햇빛이 너무 강해서 눈이 따갑다고 했다.
그런 이유로 종종 우리의 수업은 중단되기도 했다. 나는 홍당무의 표정을 더 자주 살피게 됐다.

우리가 자각하지 못할 뿐
후각은 어쩌면, 시각보다 더 많은 정보를 전달하는 거 아닐까?

저 강아지들, 나보다 더 좋은 환경에서 사는 걸 향기로 알 수 있잖아.

너? 너 엄청 사랑받고 곱게 자랐을 것 같은데. 그런 이미지야.

내가? 아니……. 그다지.

내가 자란 집에는 쓰레기 때문에 발 디딜 틈이 없었어.
학교에 갈 때마다 교복이 더러워질까 봐
무릎 높이까지 따라오는 쓰레기들을 걷어차면서 나와야 했어.

몇 살부터
그렇게 지냈는데?

일곱 살부터 십 대 시절 내내,
여동생이랑 아빠랑 셋이서 살았어.
부모님이 어릴 때 이혼하셨거든.
엄마가 새로 결혼한 분과 아기를 낳아서
남동생이 하나 더 있어. '조'라고.
엄청 착한 애야.

사진
보여 줄까?

그래.

홍당무에게 예상하지 못한 유년 시절 이야기가 있었다.
그 이야기는 나의 유년기와 닮은 구석이 있었다.

와, 진짜 귀여워.

그치?
진짜 특별한 애야.
스무 살이 넘었는데,
아직도 요정 이야기를
믿어.

그게 가능한 일이야?
우아.

나에게도 홍당무에게도 가족에 관한 깊은 대화를 나누는 일은 흔하지 않았다.
인종이, 국적이, 자라 온 환경이 달라서 서로를 조금은 덜 경계했던 걸까?
아니면 서로의 서툰 언어가 우리의 대화를 보통의 관계처럼
매끄럽고 안전하게 다듬을 여유가 없던 것일까?

마음을 열고 자신의 기억 조각들을 나에게 나누어 준 홍당무에게
깊은 감사와 존경의 마음을 전하고 싶다.

이수연

영국 캠버웰 칼리지 오브 아트에서 일러스트레이션 석사 과정을 공부했습니다.
동물의 얼굴 뒤에 숨겨진 외로운 사람들의 마음에 위로와 공감을 주는 책을 만들고 싶습니다.
파주 타이포그라피 학교, 파티(PaTi)에서 그림책과 그래픽 노블 스토리텔링 수업을 진행하고 있습니다.
지은 책으로 『내 어깨 위 두 친구』 『달에서 아침을』 『어떤 가구가 필요하세요?』 『이사 가는 날』이 있으며,
그린 책으로 『우리 마을에 온 손님』 『파란 눈의 내 동생』 『사자와 소년』 『소원』 등이 있습니다.
『너는 나의 모든 계절이야』로 2022 아시아 어린이 콘텐츠 축제, AFCC에서 일러스트레이터 갤러리에 선정되었습니다.

나를 감싸는 향기 지은이 이수연

초판 1쇄 펴낸날 2023년 3월 20일 **초판 2쇄 펴낸날** 2023년 11월 10일
펴낸이 김병오 **편집장** 이향 **편집** 김샛별 안유진 조웅연 **디자인** 정상철 배한재 **홍보마케팅** 한승일 이서윤 강하영
펴낸곳 (주)킨더랜드 등록 제406-2015-000037호 **주소** 경기도 파주시 회동길 512 B동 3F
전화 031-919-2734 **팩스** 031-919-2735 **ISBN** 979-11-92759-79-1 77810
제조자 (주)킨더랜드 **제조국** 대한민국 **사용연령** 8세 이상

나를 감싸는 향기 ⓒ이수연 2023
• 신저작권법에 의해 한국 내에서 보호를 받는 저작물이므로 무단전재와 복제를 금합니다.
• 이 도서는 한국만화영상진흥원 2022 다양성 만화 제작 지원 사업의 지원을 받아 제작되었습니다.

토끼야,
어디서부터 내 이야기를 시작해야 할까?

그래. 가장 먼저 떠오르는 기억은 세 살 때다.
반짝거리는 체리 세 개와 생일 케이크를 먹은 날이니까.
체리는 녹색, 노란색, 빨간색이었고 끈적끈적했고 달콤한 냄새가 났다.
어린 시절 기억은 정말 이상한 구석이 있다.
이런 알록달록한 기억과 함께 슬프고 무서운 일이 아무렇지도 않게 잘 섞여 있으니까.

아기였던 여동생과 거실에서 놀고 있었다.

쨍그랑!

그만 좀 해!

엄마 아빠는 부엌에서 자주 소리를 지르며 싸웠다.
그게 내가 기억하는 우리 집 일상이었다.

동생은 나보다 두 살 어렸다.
엄마는 우리가 울면, 꼭 동생만 안아 주었다.

엄마, 엄마!

그럴 때마다 마음 한구석이 허전해졌다.

이리로 와, 펌킨. 안아 줄게.

엄마!

다행히 그 시절, 나를 안아 주는 한 사람이 있었다. 나나 할머니였다.
여섯 살 때 나는 할머니 집에 자주 맡겨졌고, 대부분의 기억 속에 다정한 나나가 있다.

이리 오렴.

할머니.

할머니의 옷깃과 목덜미에서는 병원 소독약 냄새가 났다.
주머니에서 하나씩 꺼내 주시던 레몬 사탕의 새콤달콤한 향기,
그 노랗고 투명한 빛과 할머니의 초록색 눈이 항상 나를 향해
따뜻하게 반짝거렸다.

일곱 살은 '수줍음'으로 기억된다.
왜 그렇게 부끄러운 일이 많았을까? 그런 순간은 평소보다 시간이 더 느리게만 느껴졌다.
가뜩이나 빨간 내 얼굴은 부끄러워질 때면 더 새빨개지는 것 같았다.
어른들 눈을 피해 할머니의 청과물 가게 뒷방으로 숨어들었다.
바나나 익어 가는 냄새, 오래된 감자 냄새를 맡으며 혼자만의 상상 속으로 빠져들고는 했다.

엄마도 그 방에서 자주 통화를 했다.

이혼할지도 몰라. 생각 중이야.

애들 듣겠다. 다른 데 가서 통화하지 그러니?

어때서요? 애들도 이제 알아야 해요.

홍당무는 일곱 살이야. 다 알아듣는 나이잖니. 그 애에게는 큰 충격일 거다.

어른들이 엄마랑 아빠가 곧 '이혼'할 거래.

엄마, 이혼이 뭐예요?

이혼? 이혼은 '결혼의 반대'야. 홍당무 네가 누군가를 정말로 좋아하면 그 사람과 '결혼'을 하고,

네가 정말로 그 사람을 미워하면 '이혼'을 하는 거야.

아주 단순하고 명쾌했다.
마치 딸기케이크나 초코케이크 둘 중 하나를 고르는 것처럼, 어떤 책임감도 느껴지지 않는 설명이었다.

우리 가족은 함께 있어도 다른 곳에 있는 것 같았다.
엄마 아빠는 대부분 너무 조용하거나

너무 시끄러웠다.

그때부터였을 것이다.
아빠가 일을 마치고 집에 돌아오는 시간이면, 엄마는 매일 저녁 집을 나갔다.
두 분이 같이 있는 모습은 점점 볼 수 없게 됐다.
아빠는 집에서 술을 마시고, 담배를 피우기 시작했다.
집에서 나는 위스키 냄새와 담배 냄새가 점점 더 익숙해져 갔다.

그러던 어느 날,
두려워하던 일이 일어나고 말았다.

어렸지만 나도 동생도 다 알 수 있었다.
엄마가 우리를 떠나고 있다는 것을.
동생과 나는 서로를 껴안고 엉엉 울었다. 엄마도 분명 알았을 것이다.

우리가 그 밤에 깨어 있었다는 것을, 울고 있었다는 것을.

우는 동생을 두고 창가로 뛰어갔다.
엄마 얼굴을 한 번이라도 더 봐야만 했다.

엄마는 그 어두운 밤길 끝에서 한 번쯤은 내가 보고 싶어서 뒤돌아보았을까?

아무것도 보이지 않았다.
우리를 감싼 모든 것이 내 눈앞에서 흔들거리다가 갑자기 뒤섞여 버렸다.

태어나서 지낸 모든 밤 중 가장 무섭고 슬픈 밤이었다.

나나 할머니가 갑자기 입원하는 바람에 잠시 엄마의 '새집'에서 지내게 됐다.

애들아. 복잡할 것 없어.
엄마 집이 하나 더 생긴 거다,
그렇게 생각하면 돼.

……
언니. 우린 집이 하나 더 생긴 거네.
따르릉.

여보세요.
응, 언제?
우리 부자다! 신난다!

……
엄마, 왜 그래?

할머니가 돌아가셨단다.

내가 울 때면 항상 안아 주셨는데,
이제 나나 할머니는 더 이상 내 곁에 없다.

할머니……

어른이 되어도 엄마의 죽음은 무서운 일일까?
엄마는 여섯 살인 나만큼이나 무서워하는 것처럼 보였다.

나는 이제 혼자야…….
아무도 남지 않았어, 아무도 남지 않았어.

엄마를 위로해 주고 싶었다.
나는 들썩이는 엄마의 등을 안고 계속 속삭였다.

엄마, 울지 말아요. 내가 있어요.
무서워하지 말아요.
내가 엄마를 지켜 줄게요.

할머니의 장례식 날, 엄마는 우리 손톱을 무지개색으로 칠했다.
우리를 피에로처럼 장식해서 장례식장에 데려갔다.

무지개다! 엄마, 예뻐!

우리 둘을 세워 두고 계속 사진을 찍었다.
엄마 기분이 좀 나아진 것 같아서
어린 나는 다행이라고 생각했다.

자, 얘들아.
웃어 봐.
너무 예쁘구나.

엄마는 아빠를 화나게 하고 싶었던 걸까?
그렇다면 대성공이었다.

싫어, 우웨웨웨.

우린 괴물이다.
우케케케.

아빠는 불같이 화를 냈다. 내 손톱을 급히 벅벅 문질러서 손끝에서 피가 났다.
하지만 나는 아빠가 무서워서 아프다는 말조차 하지 못했다.

이게 도대체 무슨 짓이니?
누가 장례식장에 이러고 오니. 철없는 것들!

흑흑

윽!

우리는 장례식 내내 벽 앞에 서서 한참을 울었다.
친척들이 우리를 위로하려는 건지, 계속 아는 척을 하고 쓸데없는 말을 보탰다.
짜증 나는 친척들, 말이나 그만 걸었으면. 우리도 남 앞에서 우는 얼굴을 보여 주고 싶지 않았다.

나나 할머니라면 손가락에 밴드도 붙여 주고, 안아 주었을 텐데.
더 이상 아무도 나를 그렇게 다정하게 안아 주지 않았다.

불쌍한 것들.
너희도
나나가 보고 싶지?

흑.

우에엥……

아이고, 이 작은 천사들.
할머니가 그리운가 봐요.

나나 할머니의 장례식장은 여러 가지 냄새로 가득 차 있었다.
양초 심지가 까맣게 타서 나는 매캐한 냄새.
장례식장을 장식한 백합에서 나는 짙고 묵직한, 괴상한 냄새.
손가락 끝에 맺힌 핏물을 빨 때 나던 비릿한 쇳내.
동생 뺨으로 흘러 하얗게 마른 짭짤한 눈물 냄새.

나나 할머니의 죽음은 나에게 그런 냄새로 기억되었다.

장례식이 끝나고 엄마는 며칠 우리 집에 머무르기로 했다.
나는 무언가를 기대하기 시작했다.

오랜만에 넷이서 같이 한 식탁에서 식사를 했다.
그게 나의 마음을 더욱 들뜨게 했다.

맛있어, 엄마.

얘들아,
감자 더 먹어.

엄마가 있으니까 좋아?

네!

펌킨과 나는 마냥 신이 났다.
이렇게 엄마가 다시 돌아와 우리와 같이
살게 된다면 얼마나 좋을까?

하지만 어린 우리도, 아무리 외면하려고
해도 너무 잘 알고 있었다.

엄마 아빠 사이가 좋지 않다는 것을.
그 며칠 동안 엄마 아빠는 점점 더 심하게 싸웠고, 분위기가 이따금씩 아주 위태롭게 느껴졌다.
'그 일'이 일어난 건 장례식이 며칠 지난, 이른 아침이었다.

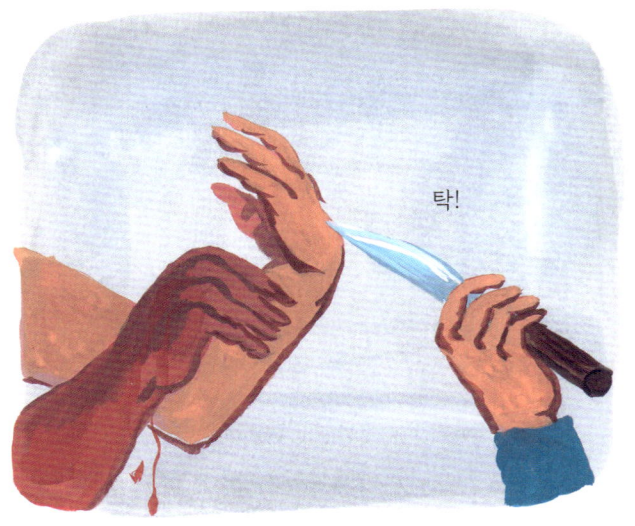
탁!

어디 가는 거야!

그거 당장 가져와!

두리번두리번

엄마는 그 칼을 내 베개 밑에 숨겼다.
아빠가 다시는 찾지 못하도록.

나는 그 칼이 무서워서 손도 대지 못했다.
내가 잠잘 때마다 얼마나 그 칼을 의식했는지,
그리고 얼마나 많은 악몽을 꾸었는지,
엄마는 알까?

그 당시 엄마와 아빠는 자주 멍해지곤 했다.
우리를 보고 있어도 보고 있지 않은 느낌이 들 때가 더 많았다.
아빠는 자주 울고, 술을 더 자주 마시기 시작했다.
집 안 가득 늘 습한 아빠의 숨 냄새가 났다.
낮게 가라앉은 어두운 공기.
그게 우리 집 냄새였다.

나는 점점 내 감정을 조절하지 못하게 됐다. 모든 감정이 혼란스럽고 미숙했다.
엄마의 '새집'에서 자던 어느 날에는 너무 슬프고 화가 나서 몇 시간이고 울고 비명을 지른 적도 있다. 엄마는 나를 위로하려다가 곧 짜증을 내며, 같이 소리를 질렀다. 그러고는 나를 뒤뜰에 밀어 넣고 문을 닫아 버렸다.

내 기분 하나 마음대로 할 수 없는 작은 내가, 너무 싫었다. 소금기 어린 내 얼굴에서 나는 짠 내, 키 작은 부드러운 풀과 젖은 흙냄새가 났다. 그 냄새들만이 나와 함께 있었다.

크리스마스에도 이 상한 교류는 계속되었다.

엄마와 반나절을 보내고 나머지 반나절은 아빠와 집에서 보냈다.

동생과 나는 엄마 집에 가서 엄마의 남자친구 대니얼 아저씨와 함께 식사를 했다.

누구도 한번 웃지 않았다.

세상에서 가장 불편한 점심 식사를 한 후, 저녁이 되어 나왔다.
펌킨과 엄마 집 앞에서 아빠를 기다렸다.

엄마의 화사한 새집, 아빠의 우중충한 낡은 집.
그 어느 곳에도 크리스마스 저녁의 행복이나 아늑함,
그런 느낌은 들지 않았다. 거리가 온통 장식으로 반짝거렸다.

여덟 살이 되던 해 여름, 무척 더운 날이었다.

우아…… 진짜 덥다.

아빠, 진짜 너무 더워요.

아빠, 잠시 쉬다가 갈까요?
진짜 덥지 않아요?

아이스크림이 정말 너무 먹고 싶었다.
그런데 그 말 한마디 꺼내기가 부끄럽고 망설여졌다.
나는 계속 덥다고 말하면서 아빠의 친절한 마음을 조금 기대했다.

홍당무야, 정 더우면 너 혼자 밖으로 나가.
징징대는 소리, 더는 참기 힘들구나.

여덟 살의 내겐 아빠의 표정이 때때로 너무 무서웠다.

그 커다란 새집에는
방이 많았지만,
나와 동생을 위해
준비된 방은 하나도 없었다.

엄마, 우리는 어느 침대에서 자요?

침대는 없단다.
그냥 바닥에 이불을
깔고 잘 거야.
캠핑 같고, 신나지?

엄마의 새로운 집, 그리고 인생에
우리는 불청객인 것만 같았다.
엄마는 우리가 없는 새로운 인생을
시작하고 있는 것이 분명했다.

같은 해, 처음으로 엄마 집에서 닷새나 머무는 일이 생겼다.
굉장히 낯설게 느껴졌던 나날이었다. 새집에서 엄마가 남동생을 낳은 것이다.
동생이라고 부르게 되었지만, 나와 아기가 우리가 온전한 '한 가족'이 될 수 있을까?

아기는 너무 작아서 내가 만지면 으스러질 것 같았다.
나는 용기를 내서 손가락을 겨우겨우 만져 보았다.

대니얼 아저씨는 무척 들떠 보였다.
그가 그렇게 크게 웃는 모습은 처음 보았다.

너무 작아.
너무 작은
아기 천사야.

엄마도 피곤해 보였지만, 동시에 기뻐 보였다.

엄마와 대니얼 아저씨, 그리고 아기는 그림 같은 한 가족이었다.
나는 그 그림 속에 없다.

쓸데없는 말은 하지 않는 게 좋다.

아빠는 일을 마치고 돌아오면, 소파에 앉아서 움직이지 않았다.
매일 술을 마셨고, 티브이를 밤새도록 켜 두었다.

펌킨과 나는 아빠의 심기를 거스르지 않으려고
조용히 끼니를 해결하고 소리를 내지 않았다.

학교에서 집으로 돌아올 때면, 문 앞에서 한참 서 있고는 했다.
집으로 들어가기가 늘 망설여졌다.
깊게 숨을 들이마시며 천천히 그리고 조용히 열쇠를 돌렸다.

온 집 안을 돌아다니던
회색 쥐들.

옷에 밴
지겨운 담배 냄새.

동그랗게 뭉쳐져
집 안을 굴러다니던
텁텁한 먼지들.

집 안 구석구석 도사리는,
나의 심장을 짓누르는
무거운 회색 냄새.

가슴 한쪽이 자꾸 아팠다. 하지만 아빠에게 아프다고 말하기를
나는 참고, 참고 또 참았다.
나는 아무 말도 하지 않을 때가 점점 더 많아졌다.
알고 있었다. 아빠가 나를 사랑하지 않는 것은 아니었다.
다만, 아빠가 나를 사랑하기 위해 해야 하는 크고 작은 노력이, 그때의 아빠에게는
너무 버겁다는 것을, 어린 나조차도 다 느낄 수 있었다.

이것 봐! 의자 위에
솔방울을 올려 두다니.

이런 표현 방식이 좋아.
'여기 앉지 마시오!'라고 쓰인 팻말보다
훨씬 정중하고 재밌는 방식이잖아.

맞아. 아름답기도 하고,
받아들이는 쪽도 훨씬 기분 좋네.

빛에 따라 동상의 표정이
계속 바뀌는 게 보여?
작고 오래된 박물관은 참 특별해.
작은 공간 안에 집약된 많은 시간의 흔적들을
한꺼번에 느낄 수 있어.

오래된 공간의 향기는 수많은 기억이 다시 찾아오게 하는 장치가 되어 주는 것 같아.
이런 해묵은 먼지 냄새를 맡을 때면, 더 그래.

아빠가 하는 말이 모두 사실은 아니라는 것은 알고 있었다.
그럼에도 불구하고 '아빠가 말하는 나'가 '진짜 나'인 것으로 느껴졌다.
나는 행복하게 살 수 없을 것만 같았다.

부모에게 저런 끔찍한 말을 듣는 아이가
어떻게 행복한 인생을 살 수 있겠는가.

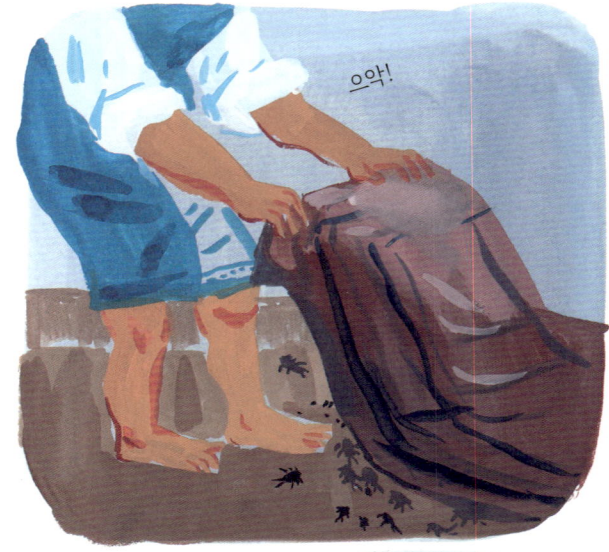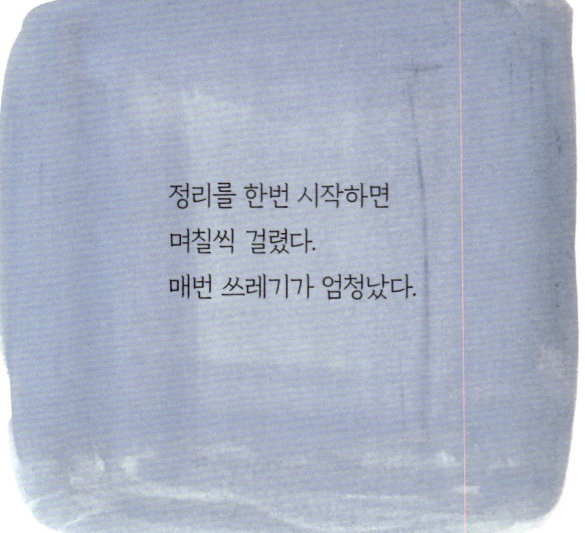

귀 끝까지 빨개진 내 얼굴을, 친구들이 제발 보지 못했기를.

오븐 고장 났나 봐. 얘들아……
감자튀김 못 먹겠는데……?

할 수 없지. 밖에 있는 다트 해도 돼?
밖으로 나가자!

오븐이 작동하지 않는 것은 당연했다.
엄마가 집을 떠난 이후로, 몇 년간 한 번도 쓴 적이 없었다.
나는 밖으로 바로 나갈 수 없었다.
내 얼굴을 빨갛게 물들인 열기가 식을 때까지.

홍당무 나와! 같이 놀자!

어……

나는 우리 집 창가가 싫었다.
그 창문을 통해 바라보는 풍경들은 이상할 정도로 다 못생기고 슬퍼 보였다.

아니, 그 무엇보다도 이 창문 속에 사는 우리 가족은 아빠의 말대로 하수구에 사는 못생긴 쥐 같다.
싫다. 이 창문 속에 사는 내가.

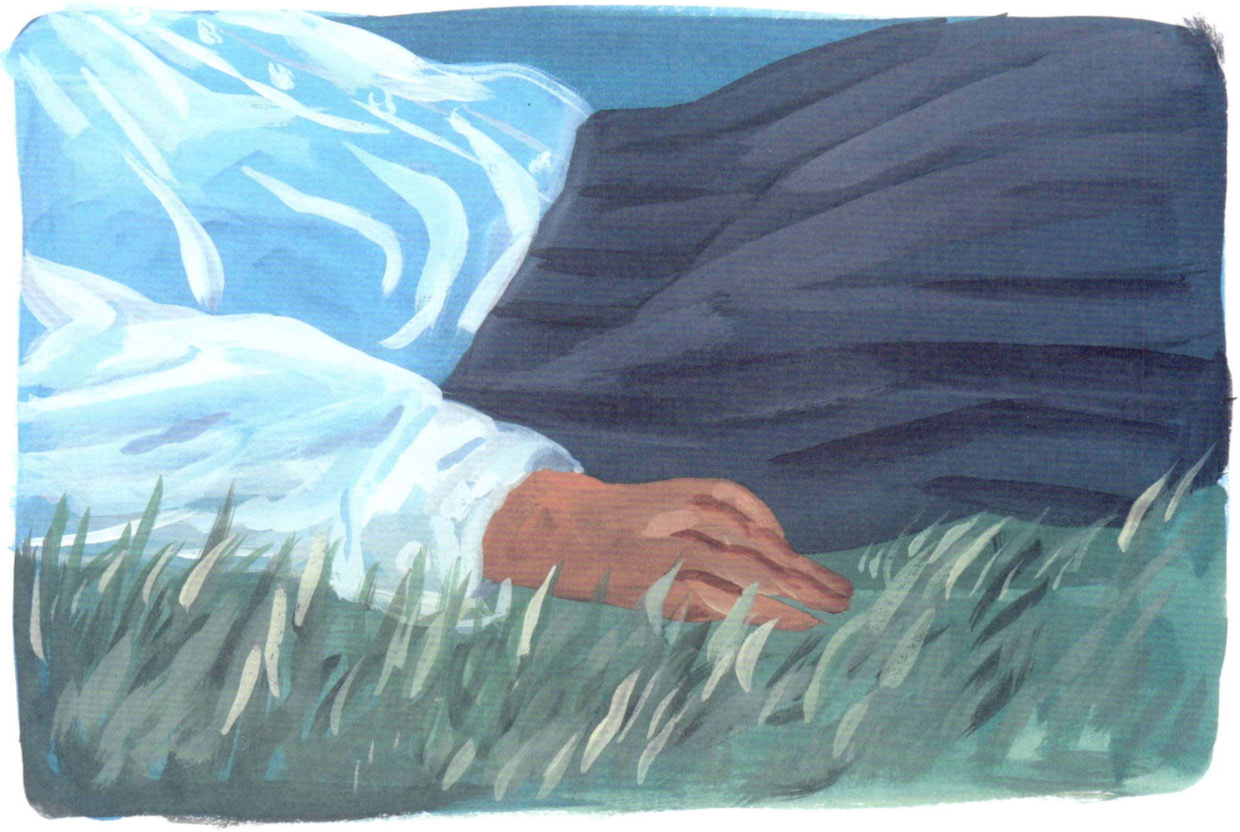

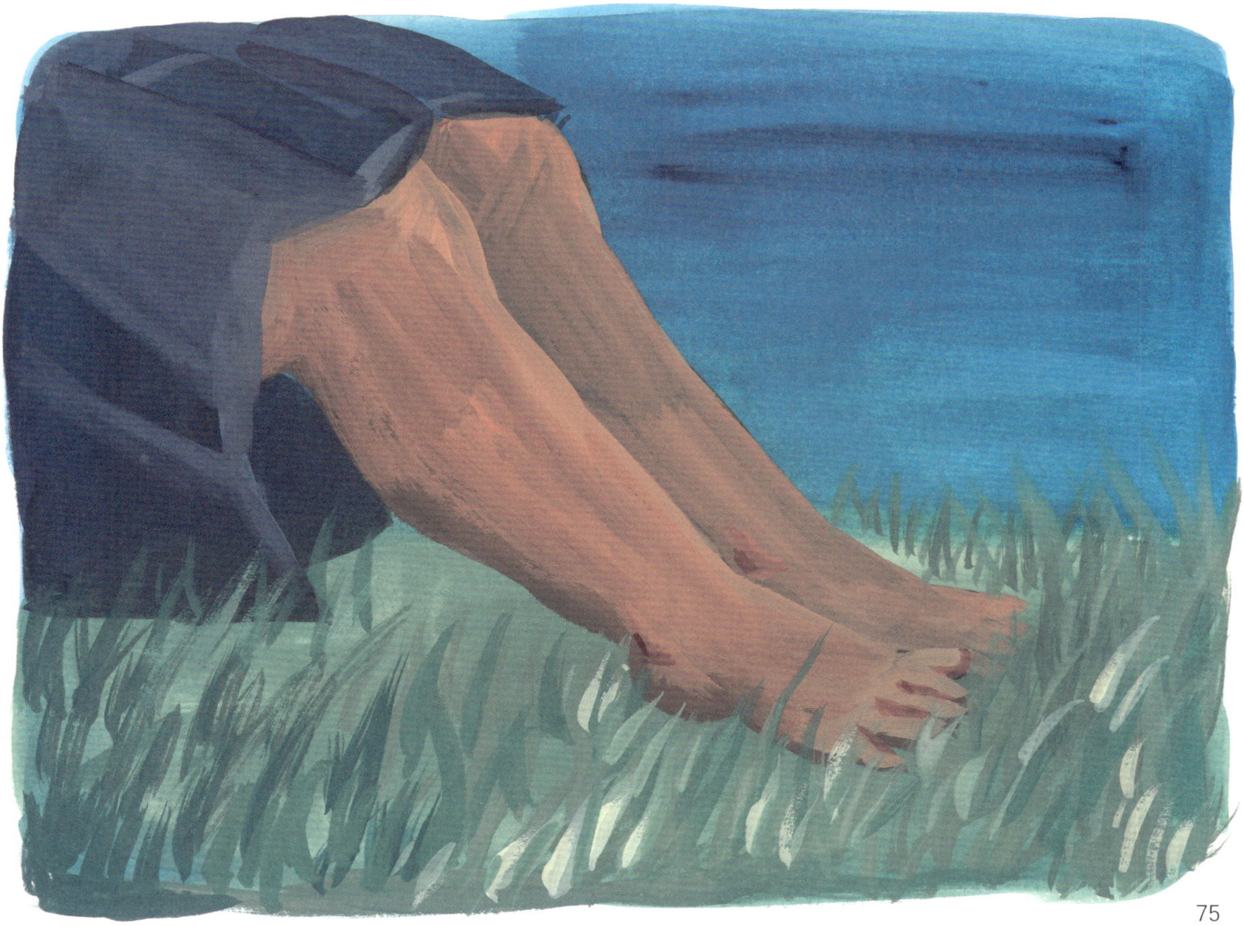

부스럭부스럭

초록색 눈동자에 한쪽 다리를 저는, 나이 든 줄무늬 고양이였다.
나와 펌킨은 고양이에게 '나나'라고 이름을 붙여 주었다.

그 무렵, 나나를 안고 있는 순간이 포근하고 따뜻한 유일한 시간이었다.
보드랍고 따스한 털에 얼굴을 묻고 있으면 나도 모르게 눈이 감겼다.
눈물이 날 때면, 나나의 등에 코를 묻고 꼭 껴안고는 했다.
그러면 신기하게도 기분이 금방 나아지고는 했다.
나나는 특별했다.

푸른 이파리의 풋풋한 향기.

달콤하고 고소한 분유 냄새.

플라스틱 숟가락 냄새.

실리콘 쪽쪽이의 고무 냄새.

그 애의 침대를 감싸고 있던,
바람에 흔들거리던 엷은 베일.

소독기에서 나는 수증기 냄새.

유아용 샴푸 파우더 향.

내 얼굴에 스치던
따뜻하고 보드라운 조의 동그란 뺨.

그 모든 감각이 나에게 스며들었다.
이 세상의 모든 사랑스럽고, 포근한 것이 이 아이를 통해
나에게 전해지는 것 같았다.

나는 이 작은 천사를 영원히 사랑하겠다고 다짐했다.

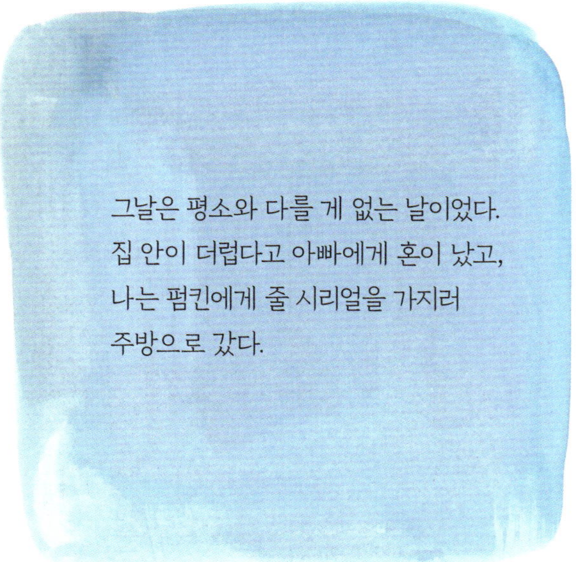

그날은 평소와 다를 게 없는 날이었다.
집 안이 더럽다고 아빠에게 혼이 났고,
나는 펌킨에게 줄 시리얼을 가지러
주방으로 갔다.

홍당무야, 얼른 가지고 나와!
펌킨 기다리잖아!

어질……

네, 나가요!

가슴이 답답해……

으……

야옹

첫 번째 발작이었다.

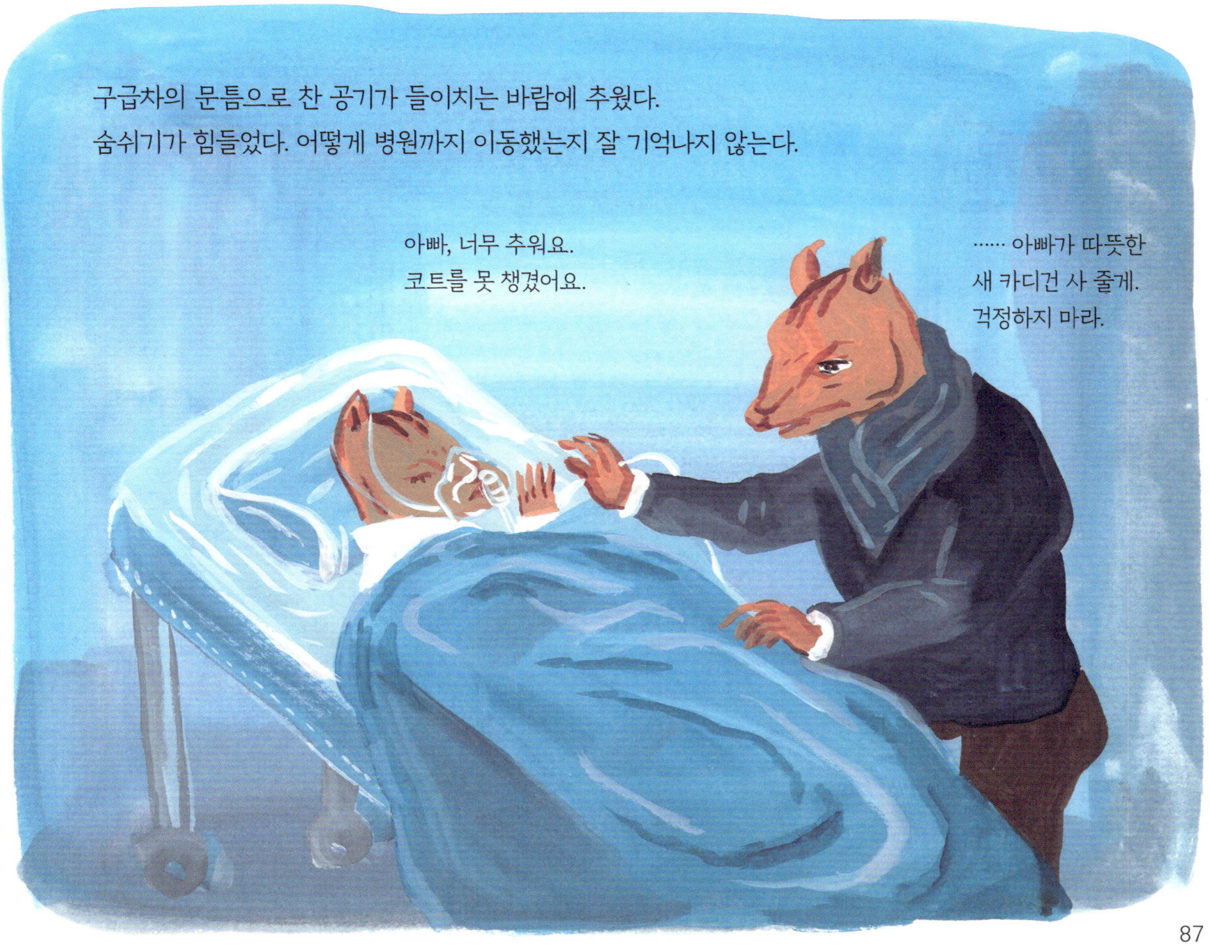

구급차의 문틈으로 찬 공기가 들이치는 바람에 추웠다.
숨쉬기가 힘들었다. 어떻게 병원까지 이동했는지 잘 기억나지 않는다.

아빠, 너무 추워요.
코트를 못 챙겼어요.

…… 아빠가 따뜻한
새 카디건 사 줄게.
걱정하지 마라.

첫 발작을 일으키고 일주일 동안 병원에 있었다.
검사할 게 많았다.
병원에 있는 동안 아빠와 엄마는 번갈아 가며 찾아왔다.

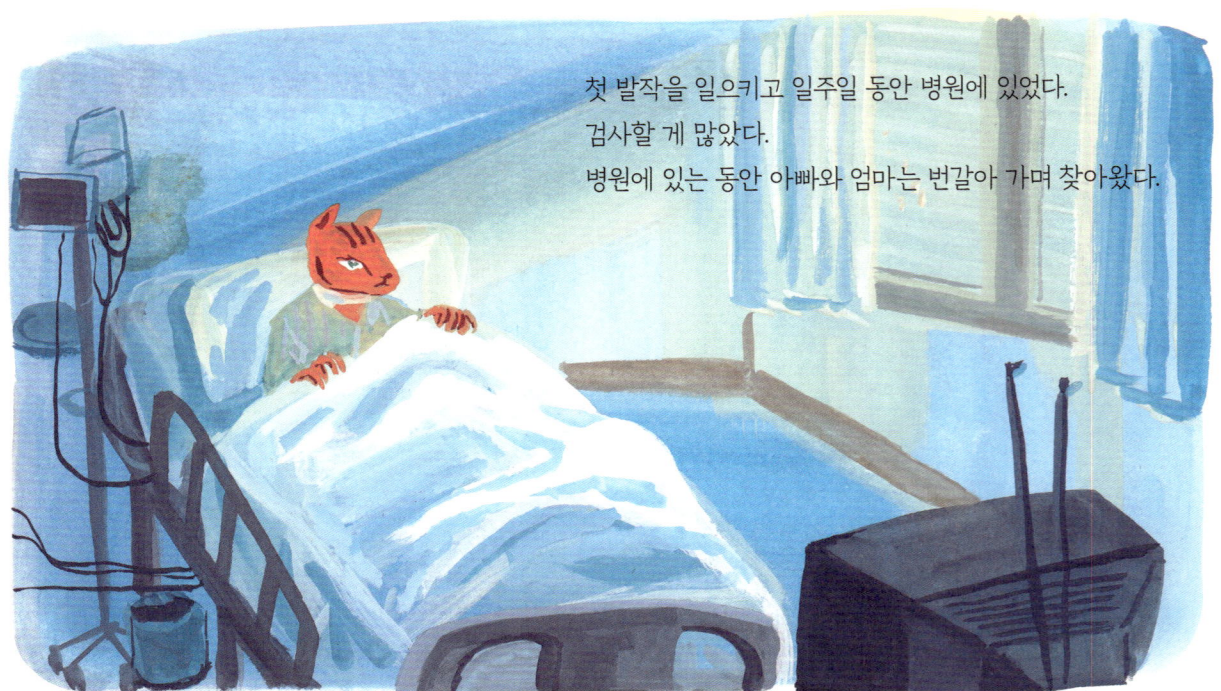

런던 마라톤이 티브이에 나왔다.
그리니치공원에서 내 또래 아이들이 미니 마라톤을 뛰고 있었다.
계절은 봄이었고, 아이들의 얼굴은 발갛게 상기되어 있었다.

나는 이렇게 끔찍한 기침을 하고, 덜덜 떨며 계속 병실에 누워 있는데.

병실이 무척 추웠다.
나는 아빠가 약속대로 따뜻한 카디건을 가져오길 바랐다.

하지만 병실로 들어오는 아빠의 손에는 어떤 옷도 들려 있지 않았다.
다음 날에도, 그다음 날에도.

기대했던 나는 크게 실망했고, 그 일로 종종 화가 났다.
하지만 그것에 대해 더 이상 아빠에게 말하고 싶지 않았다.
결국 아무 말도 하지 않았다.

홍당무 쓰라고 베갯잇을 가져왔어.
알레르기 방지 원단이라 기침을 덜할 거야.
천식 가족력이 있으니까 더 조심해야 해.

나나 할머니가 천식으로 돌아가셨는데도,
엄마는 내 병명이 나올 때까지 천식이 아닐 거라며, 부정했다.
내가 많이 아프다는 것을 인정하고 싶지 않아 보였다.
엄마는 나를 똑바로 보아 주지 않는다.
의사는 결국 나에게 '천식'이라는 진단을 내렸다.

천식 아닐 거야.
나도 어릴 때
기절한 적이 있잖아.

별일 아닐 거야.

내가 퇴원하기 전, 아빠는 집 전체를 청소했다.
그리고 값비싼 새 청소기를 샀다.

허망하게도 그 비싼 청소기는 단 한 번도 사용되지 못한 채
그저 집 안의 쓰레기와 다름없이 굴러다니다 버려졌다.
아빠는 죄책감을 덜기 위해, 충동적으로 청소기를 산 것이다.
청소라는 행동으로 옮기기까지, 아빠에게는 너무 큰 노력이 필요했다.

우리 집에는 소파가 있었지만, 아빠는 누군가가 소파를 버리면 또 주워 왔다. 소파뿐만 아니라 아빠에게 가치가 있다고 생각되면 무엇이든 집으로 가지고 와 쌓아 뒀다. 나와 펌킨, 아빠까지 그 누구도 집 안의 물건들을 관리하지 않았다. 집에는 늘 잡동사니와 쓰레기가 넘쳐났다.

오래된 음식에서 나던 시큼하다가 고약해지는 악취.

신문지와 젖은 종이에서 나던 비릿하고 습한 냄새.

위스키 특유의 독한 알코올 냄새.

재떨이로 변해 버린 머그잔에서 나던 담배꽁초 냄새.

나무 창틀에서 나던
마른 빗물과 곰팡이 냄새.

쓰지 않은 벽난로에서 날리던,
눈을 따끔거리게 만들던 고운 잿가루.

콜록콜록

오래된 찬장을 열면 흩날리던
매콤한 먼지.

기침이 났다.
기침을 참기가 힘들었다.

콜록콜록

아빠는 내가 기침할 때마다
점점 더 예민해져 갔다.

쿵!

약을 안 먹어서 그렇잖아!
왜 약을 챙겨 먹지 않는 거니?
내가 그런 것까지 신경 써야 하니?

자, 잘못했어요. 아빠.

눈이 아프다고, 피곤하다고 하면서 내가 갑자기 집에 갈 때가 있었잖아.
네가 나를 무례한 사람이라고 오해할 수도 있겠다는 생각이 들었어.
내가 이런저런 병이 있는 게 자랑도 아니고,
얘기하면 친구들이 많이 의식하길래, 일부러 말하지 않았거든.

그랬구나.

어렸을 때, 아빠와 살던 집의 흔적들이
내 몸 구석구석에 여전히 남아 있다고 느껴.

바로 내 몸이
생생히 고통을 느낄 때 말이야.

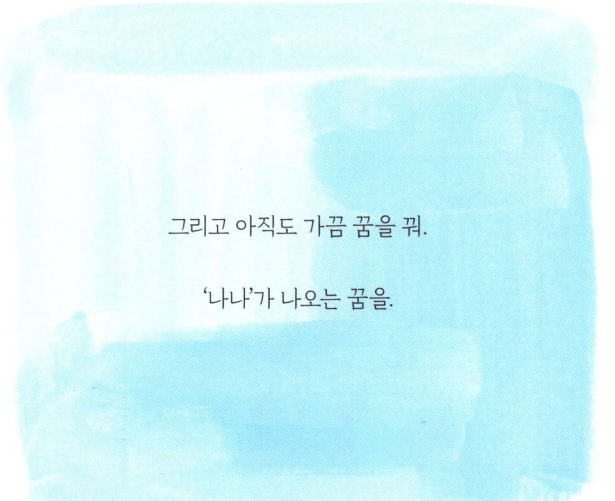

아빠……
나나는……
나나는 그냥
고양이가 아니에요.

꾸욱

나나는 내 친구예요.
왜 저한테 말 한마디도 없이 나나를 보냈어요?

고양이 털 때문인지,
네 기침 소리가 유난히
시끄럽더구나. 그만해라.
다 너를 생각해서 결정한 일이야.

흑……

아빠는 정말 '나를 생각해서'
나나를 보낸 걸까?
기침을 해서, 아빠에게
벌을 받았다는 생각이 들었다.

그런 꿈같은 이야기를 소곤거리면서 어린 조는 해맑게 웃었다.
조의 소원이 무엇이든 다 이루어지면 좋겠다고 생각했다.

비 온 뒤 짙어진 그날의 흙냄새,

조의 머리카락 냄새,

나무껍질 냄새.

그 애의 미소를 닮은
흐린 구름 사이를 뚫고 나오던 햇살.

그 모든 기억이 이끼 냄새 하나에 순식간에 다시 나에게 밀려온다.
조가 다시 그렇게 웃는 모습을 보고 싶다.

나는 숨을 쉬고 있다.
내가 살아 있음에 감사하다.

매주 학교 체육관에서 댄스 수업을 했다.
천식이 매우 심한 시기였는데도 불구하고 항상 그 시간을 기다렸다.

물론 춤은 출 수 없었다. 항상 매트 위에 누워 있는 시간이 대부분이었다.
그럼에도 열네 살의 나에게 그 시간은 무척 소중했다.

춤을 추는 친구들의 표정과 신나는 음악을 듣고 있으면,
재밌고 밝은 사람들 속에서 나까지 그런 사람이 된 것 같은 기분이 들었다.

친구들처럼 깔깔거리면서, 크고 명랑하게 웃고 싶었다.
집에 가고 싶지 않았다.

나는 춤을 추지 못한다.
아빠 말대로 청소도 제대로 하지 못한다.
내 고양이도 지키지 못한다.
망할 '홍당무'라는 끔찍한 별명도 바꿀 수 없다.
나는 아무것도 하지 못하는 홍당무일 뿐이다.

졸업 무렵 마지막 댄스파티를 앞두고 모두 드레스를 사러 갔다.
나는 엄마에게 도움을 요청했다.

엄마는 빨강 드레스가 나에게 잘 어울린다고 했다.

분명 예쁜 색이었다. 나에게는 전혀 어울리지 않았지만.
빨강 드레스를 입은 나는 홍당무 그 자체였다.
하지만 나는 엄마에게 그 옷이 싫다고 솔직하게 말하지 못했다.

마지막 댄스파티가 기억난다.

그날, 엄마가 골라 준 끔찍한 빨강 드레스를 입고, 잔뜩 주눅이 든 끔찍한 표정을 하고, 천식 발작을 걱정하면서, 나는 파티장 한구석에 앉아 있었다. 이따금씩 억지웃음을 지으며, 신나게 춤을 추는 친구들을 바라보았다.

함께 있었지만, 나와는 다른 표정과 감정들이 그 공간에 가득 차 있었다.

아무것도 하지 못하는 내가 싫다. 나는 어떤 어른이 될까.
아빠의 말대로 엉망진창으로 자라면 어떡하지.
엄마처럼 내 아이가 우는데, 소리 지르며 문을 닫고 나가 버리는 엄마가 되면?
나는 어른이 되는 게 무서웠다.

하지만, 시간은 계속 흘렀고 빨간 드레스를 입고 주눅 들어 있던 홍당무도 결국은
스물다섯 살이 되어 버렸다.

그 뒤로 빨강 드레스는
절대 안 입어.
너무 싫어.

너는 이미 예쁜 주황색
머리칼을 가졌으니까.
굳이 빨강을 더할
필요가 없는 거지.

홍당무는 미적 감각이 뛰어난 친구였다.
그 애가 고르는 모든 것이 개성 있고 세련되었다.

이 목걸이 어때?
겨우 2파운드야!
원석으로 만들어졌어.
색이 예쁘지?

진짜 특이하고
예쁘다!
민속 공예품 같아!

네가 그렇게 말해 줘서 좋아. 나의 상처를 약점이라고 말하지 않아 줘서.

그건 사실, 내가 나에게 하고 싶은 말일지도 몰라.

우리는 상처의 흔적을 존중받아야 한다는 말을 나누었다.
그 일들을 감내해 낸 서로의 강인함에 대해서 외면하지 않고, 진심 어린 응원을 보냈다.

회사는 어때?
거기 다닌 지도 벌써 1년 넘지 않았나?

2년 차야. 나쁘지 않아. 월급도 괜찮고.
일이 완전히 익숙해져서 스트레스도 없어.
그런데,

가끔 너무 외로워.
사무실에 나 혼자 있을 때가 많아.

월세를 내야 해서 당장 그만둘 수는 없어.

흠. 계속?
너처럼 외향적인 사람에게는
그거 꽤 큰 문제인데.

이런……

사실 토끼에게 말한 것보다 나는 내 일이 더 마음에 들지 않았다.
매일 아침, 유니폼을 갈아입으며 아무런 기대감이 들지 않는 하루를 시작했다.

여전히 천식이 있었고, 이십 대 초반부터는 당뇨까지 더해져서
혈당 측정기를 24시간 몸에 붙여 두었다. 몸은 갈수록 예민해지기만 했다.
하지만, 투덜거리고만 있기에는 런던의 월세는 너무 비쌌고, 나는 돈을 벌어야 했다.

일은 쉽고, 편했고, 반복적이었다. 그맘때는 권태롭기까지 했다.
사무실에 혼자 있는 시간이 점점 길어졌다. 혼자서 사무실을 지키며 생각했다.
월급이 매달 나오면 다 괜찮은 걸까? 나는 나에게 주어진 삶을 잘 살고 있는 걸까?

창밖에 사람들이, 흔들리는 나무가 보였다.
상상력을 자극했다.
창 쪽을 바라보는 내 자리는 어떤 면에서는 고문이었다.
내가 하는 일은 상상력 같은 것은 요구되지 않았으므로.

숨을 들이쉬었다.
신은 나를 왜 만드신 건지, 나는 만들어진 대로 살고 있는 건지,
무엇을 하려고 나는 이 사무실에 혼자 앉아 있는 건지,
아무것도 알 수 없었다.

가슴이 답답해졌다.

진짜 숨을 쉬고 싶었다.

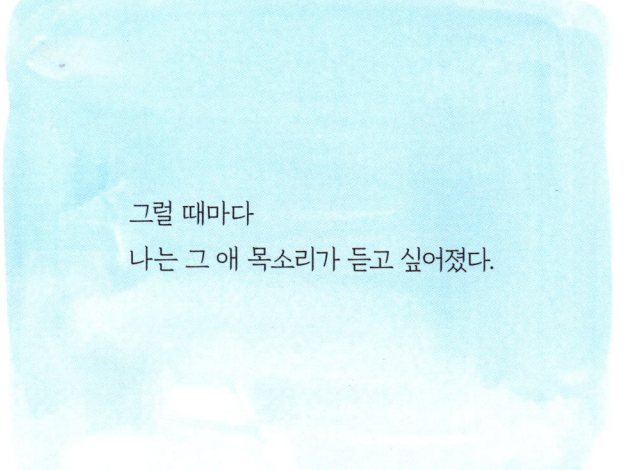

그럴 때마다
나는 그 애 목소리가 듣고 싶어졌다.

너 시간 괜찮으면
이번 주에 식물원
놀러 갈까?

갑자기, 그런 곳 가고 싶을 때 있잖아.
너도 보고 싶고.

내 나름의 처방전이다.
종종 산책이 필요하다. 짙은 초록색 길을 걷고 싶다. 사랑하는 사람과 함께라면 더 좋다.
숨을 깊게 들이마시고 내 쉴 수 있는 소중한 시간.

조! 여기야! 여기!

우아! 누나, 오랜만이야.

응, 한번 안아 보자. 너 키 더 컸네.

조의 얼굴은 여전히 어린아이 같은 장난기와 웃음으로 반짝거렸다.

쉿.

*Quiet Birds Have Ears

*조용히. 새들도 귀가 있습니다.

우워어어! 나는 나무 괴물이다!

우아.
저기 누나를 꼭 닮은 나무가 있어.
저기 벽 앞에 가서 서 봐.

조는 나와 아버지가 다르지만,
가깝고 소중한 나의
'진짜' 가족이다.

누나,
초록이었다가 붉어졌다가,
누나처럼 여름과 가을이 함께 오는 것 같은 잎들이야.

어쩌면 다른 가족들에게서는 받을 수 없었던, 그리고 나도 주지 않았던 감정들이 우리 사이에 있다.

우리가 가족이 된 것은 우리의 선택이 아니었지만,
그 아이를 돌봐 주고 사랑하기로 마음먹은 것은 나의 결정이었다.

그것은, 어린 시절 내가 가장 잘한 결정이었다.

누나는 어릴 때부터 온갖 것들에 다 킁킁거렸어.
내 손 냄새도 머리 냄새도 자주 맡았어.
길 가다가 엎드리기도 했다고. ㅋㅋㅋ

내가 그 정도로 유별났어?

누나는 늘 특별했지!

조…… 이 냄새 기억나?

글쎄…… 익숙한 듯한데,
어디서였지?

난 이런 냄새를 맡으면 너와 같이 걸었던 공원의 이끼 낀 언덕이랑 벼락 맞아 죽어 있던 나무도 생각나.
그 공원의 차가운 아침 이슬, 회색 하늘. 너 정말 작았는데, 그때.

그런 기억들이 한꺼번에 몰려온다니. 신기하지 않니?
나는 그저 이 비슷한 향기를 한번 맡았을 뿐인데.

사람마다 머릿속에 기억을 정리해 두는 보관함이
모두 다른 모양으로 있지 않을까 하는 상상을 해 본 적이 있어.
아마도 누나 머릿속엔 풍선들이 끝도 없이 있을 거야.
알록달록, 색깔도 다양하게.

풍선? 왜 하필이면 풍선이야?

풍선 가득, 냄새로 모든 것을
기억해 뒀을 테니까.

누나, 요즘은 어떻게 지내? 회사 얘기는 아예 안 하네.
사실 그게 신경 쓰였어.

그랬어? 런던에서 지내려면 당장 돈을 벌어야 하니까 계속 다니는데,
넌 그런 기분 아니? 맛없는 빵을 굽고 있는 빵집에서 손님을 기다리는 점원의 기분.

그건 너무 슬픈 일인데……
누나에게 맞는 악기를 찾으면 좋겠다.
누나가 사랑으로 해내는 일들은 그것이 무엇일지라도
아름다울 거야.

조, 그 악기를 찾으면 정말 내가 찾는 소리를 낼 수 있을까?

아무것도 아닌 내게서 늘 좋은 점을 찾아내던 내 동생.
너는 어떻게 내게 한결같이 다정한 걸까?

너와 있을 때면 나는 진짜 특별한 사람이 된 것 같은 기분이 들어.
네가 그런 확신을 가진 눈으로 나를 바라봐 주니까.

누나 머릿속에서 나에 대한 기억은
어떤 풍선 안에 들어 있을까?

너도 궁금하지 않아?

누구에게 말하는 거야…… 조?

……

조,
가끔씩 너와 같이 있어도 멀게 느껴져.
도대체 어디를 보고 있는 거니?

누나,
오늘의 기념품이야.

기분 좋은 순간에 우리는 그날의 기념품을 챙겼다.
산책길에 주운 돌멩이, 나뭇잎 몇 장, 꽃 한 송이. 기념품을 정갈하게 창가에 놓아두는 의식을 치렀다.

그 창을 통해 바라보는 풍경이 그 전과는 다른 표정으로 나를 바라보는 기분이 들었다.
마지막으로 나지막이 주문을 외웠다. 조용하고 대단할 것 없는, 우리만 아는 중요한 의식.

조와 함께 걸었던 숲, 초록의 향기가 생각났다.

그 순간들을 더 붙잡아 두고 싶었다.
어떻게 해야 그럴 수 있을까?

길을 지나다가 우연히 향수 가게에 들어가게 된 것이 시작이었다.
호기심으로 향수 두 병을 샀다.

그날 나는 들떴다.
평소보다 오래 샤워했고,

머리카락에는 아끼는 오일을 발라
오랫동안 정성스럽게 빗었다.

거울 앞에
가장 마음에 드는
블라우스를
골라 두고

거기에 어울리는 구두를
한참 골랐다.

새로 산 향수를 처음으로 뿌려 보았다.
옷을 다 입고 나서 마지막으로 한 번 더 나에게
'보이지 않는 근사한 옷'을 입혀 주듯이.

그러나 내 말하노라.
일하고 있을 때 그대들은
대지의 가장 깊은 꿈의 한 조각을 채우는 것이라고.

오직 그대들에게만 맡겨진 꿈을.

또 스스로 노동함으로써만
그대들 진실로 삶을 사랑할 수 있으며,
또 노동을 통해 삶을 사랑하는 길만이
삶의 가장 깊은 비밀을 알게 되는 일이라고.

칼릴 지브란, 「일에 대하여」,
『예언자』, 문예출판사, 2004

모든 시작은 충동적인 행동이었을지도 모른다.

딸랑

향수 가게에 다시 들렀다. 사실 처음 산 향수가 내 마음에 썩 들지는 않았다.
가게 주인과 한참 이야기를 나누었다.
내가 상상한 향기들을 내 손으로 직접 만들고 싶었다.

곧장 시장으로 가서 향수를 만드는 데 필요한 물품을
망설이지 않고 잔뜩 사 왔다.
집으로 돌아오는 길 내내, 평소보다 서둘러 걸었던 것 같다.

시작은 향초였다.
내가 붙잡고 싶은 향기를 상상하며
향초의 형태로 굳혀 놓았다.

투박하고 서툰, 예상하지 못한 향기가 침실 가득 퍼졌다.
향기에 대한 수많은 기억과 비밀스러운 애정들이
나에게 말을 걸어왔다.

내가 이 일에 빠져들 거라고, 이일의 고단함을 기쁘게 감당해 낼 거라고. 이전에는 느껴 보지 못한 묘한 설렘이 그날 밤 나를 감싸 왔다.

초보자 치고, 나는 향초 만들기를 빠르게
숙달했다. 평소에 가지고 있던 많은 냄새에
대한 예민함과 기억력이 큰 도움이 되었다.
운 좋게도 선물 가게에서 일하는 친구가
나의 취미에 관심을 가져 주었다.

낮에는 회사에 가고,
저녁에는 향초를 만들고,

주말에는 선물 가게에서 향초를 팔기 시작했다. 내가 만든 향기에 맞추어
커다란 쇼윈도를 장식했다. 어떤 날엔 잎사귀를, 어떤 날엔 낙엽을.
이전에 내가 의욕을 가지고 무언가를 이렇게 능동적으로 가꾼 적이 있었던가.
스스로에게 놀라던 때였다.

나뭇잎 향기니까
이런 장식이 더 어울릴 거예요.

발밑 조심하고.

어떻게 이런 생각을
해내는 거니?
멋지다.
너 감각 있구나!

가게 한쪽 구석 테이블에 향초를 놓고 팔았다.
향초를 켜자 순식간에 가게 전체가 내가 만든 향기로 가득 찼다.
사람들이 가게 안으로 하나둘 들어왔다.
문을 열고 들어오는 순간부터, 사람들은 보이지도 않는 향기를 인식하고
그 향기가 어디에서 나는지 찾아보기 시작했다.

사람들이 눈치채지도 못하는 사이에 나의 이야기가
그들이 숨을 쉴 때마다 향기와 함께 그들의 코와 입, 피부로 스며들었다.
나와 나의 그리운 기억과 행복했던 순간들을,
그때 같이 웃던 사랑하는 이의 표정들을 함께 나누고 있다는 기분이 들었다.

나는 한마디 말도 하지 않고, 그들에게 나의 인생을 소곤소곤 늘어놓기 시작했다.
어떤 단어로도 담을 수 없는 그 순간을, 그들의 숨 속으로 흘려 들여보냈다.
나만 아는 방법으로.

어릴 때부터 조는 이끼 위를 걸으면 초록 요정이 우리를 찾아와서 우리가 비밀과 소원을 말할 때, 다 듣고 있다고 했다.
그저 어린아이가 놀면서 중얼거린 말일뿐인데, 아직도 이끼를 볼 때면 누군가가 내 마음속을 다 보고 있다는 생각이 든다. 신성한 초록 카펫 위에서는 함부로 나쁜 마음을 가져서는 안 된다는, 그런 엉뚱한 생각 말이다. 마음속 소망을 나에게만 들릴 정도로 조용히 속삭인다.
조의 말이 정말로 어떤 마법의 힘을 가지고 있는 것처럼.

향수로요?

네, 사실 저 화장품 회사 운영해요.

향기야말로 자신을 가장 잘 표현하는 화장품이라고 생각해요.
향기로 말하는 거죠. 나는 이런 분위기를 가지고 있는 사람이야, 이렇게요.
당신이 만들어 낸 향기는 제가 어디에서도 맡아 보지 못한
강한 개성이 있어요. 그게 제 마음을 움직였어요.

이건 제 명함이에요.

선물 가게에 입점한 지 얼마 되지도 않았는데. 내가 만든 향으로
화장품 회사에서 제안을 받다니. 꿈같은 일이었다.
그날 집으로 돌아오는 길에 향수 재료를 더 사 왔다. 늘 가지고 싶었던,
하얀색 가운도 한 벌 샀다.

향기를 기억하고 그것을 재현해 내는 이 일이,
조가 말한 '나의 악기'라고 느껴졌다.

향수가 쓰이는 순간은 다른 사람에게 향기가 곧 '나'라는 말을 듣고 싶을 때가 아닐까.

나를 향기로, 그런 사람으로 표현하고 싶을 때.

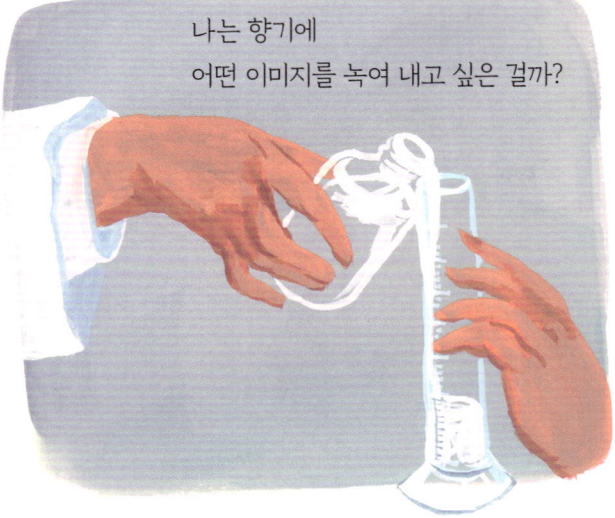

나는 향기에 어떤 이미지를 녹여 내고 싶은 걸까?

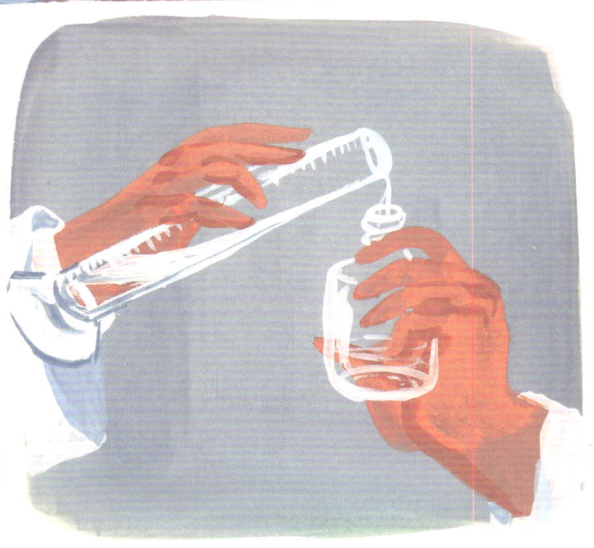

혈당 떨어질 시간이 되지 않았어? 저기 앉아서 초콜릿 한 조각이라도 물고, 좀 쉬지 그래?

넌 엉망으로 클 거야!
더러운 쥐새끼 같은 것!

갑자기 어린 시절 아빠가 했던 말이 가슴속을 다시 깊게, 아프게 찔렀다.
부엌 창문에 제때 닦지 못한 오래된 먼지에서였을까?
아니면, 어제 친구들과 먹다가 남겨 둔 위스키병에서였을까?

어떤 향기는 문득, 나를 어린 시절의 아빠와 그 집으로 데려갔다.
내가 원하지 않는 순간에, 내가 원하지 않는 방식으로
나의 감정을 휘저어 놓았다.

이것은 내가 조절할 수 있는 영역이 아니었다.

할 수 없다.
나는 숨을 깊게 들이쉬고 또 숨을 내쉬어야 했다.

손을 더 부지런히 움직였다.
가슴이 더 답답해지기 전에.
겨우 가지게 된 평화를
아빠의 목소리가 다 깨 버리기 전에.

내가 사랑하는 동생, 조도 숨을 쉰다. 나처럼.
그리고 그럴 때마다 어떤 향기가 그 애의 코로 들어가고 뇌는 기억을 찾아낼 것이다.
꼭꼭 숨겨 둔 어떤 기억들까지 찾아내서 코에서 눈으로, 심장까지 번져 갈 것이다.
그 애 앞에, 지나간 기억들을 생생하게 들이밀겠지.

스무 살이 되고 몇 년간, 부모님과 의도적으로 연락을 하지 않고 지낸 기간이 있다.
펌킨이 해외로 나가면서 동생들과의 연락도 끊어지게 되었다.

겉으로 멀쩡해 보이던 엄마의 새 가정은 사실 그렇지 못했다.
예민한 사춘기 시절의 조는 내가 없는 몇 년 동안,
무척 힘든 시간을 보낸 것 같았다.
몇 년이 지나고 다시 만났을 때, 나는 그 애의 변화를 분명하게 느낄 수 있었다.
나는 어리고 이기적이었다.
어쩌면, 나는 조가 받을 상처에 대해 어느 정도 예상했을 것이다.
그럼에도 불구하고, 스무 살의 나는 가족으로부터 도망쳐야 했다.

조는 이제 갓 성인이 됐다. 육체적으로 건강할지는 모르나 조에게는 문제가 있었다.
조에게 현실과 꿈을 구분하지 못하는 증상이 발현되기 시작했다.
나는 이 문제를 엄마와 진지하게 이야기하고 싶었다.

엄마, 나예요.

오랜만에 전화하는구나.

사흘 전에 통화했잖아요…… 후.

아무튼, 얼마 전 조를 만났어요.
언제나 그렇듯 다정하고 그 애답게 웃음도 많았어요.

그런데 엄마, 조가 걱정돼요. 조가 전보다 더
환상을 자주 보는 것 같아요.
제 옆에서 초록 요정에게 말을 걸기도 했어요.
그 애가 진짜 요정을 보고 있다고요.

엄마, 듣고 계시죠?

너는 농담과 진담을 아직도 구분 못 하니?
그 애는 어릴 때부터 그런 엉뚱한 이야기를
자주 했잖니.

하지만 그 애는 이제 어린아이가
아니잖아요.
이상하다는 생각 안 드세요?

최근 들어 부쩍, 제가 알던 조와 달라졌어요.
때때로 그 애의 눈에 슬픔이 가득해요.
허공을 바라보면서 누군가에게 말을 건다고요.

조는 괜찮아. 스무 살이잖니. 감수성 예민하고
고민도 많을 시기니까, 우울할 때도 있겠지.
걱정하지 말아라.

너는 런던에서 지낼 만하니?
월세는 감당할 만해?

엄마가 또 일부러 다른 말을 한다.
도망간다, 언제나처럼.

너는 조에 대해서
아무것도 몰라.

걘 내가 낳은 아이야.
병원보다 내가 조를 더 잘 알아.
남들보다 상상력이 더 풍부해서
꿈꾸듯 이야기하는 것뿐이야.

그걸 왜, 마치.

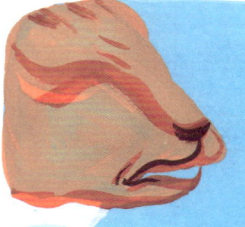

마치,
조가 정신병에라도 걸린 것처럼
이야기하니?

그 애는 괜찮아.

조는 아무 문제 없다.

엄마!

오늘 일이 많았어. 피곤하다.

너도 잘 자라. 전화 좀 더 자주 하고!

후……

후. 알았어요, 엄마. 네, 안녕히 주무세요.

이 대화가 익숙하게 느껴졌다.
내가 첫 발작을 일으켰을 때 천식이 아니라고, 자기가 잘 안다고 단정 짓던 엄마의 말투였다.

어린 시절, 엄마는 나의 모든 세상이었다.
그런 말이 어느 정도는 편했고, 믿고 싶기도 했다. 그렇게 하면 어떤 심각한 상황에서 한 걸음 물러나 현실에서 조금씩 도망칠 수 있었다. 하지만, 진짜 아픈 아이에게 그런 대응이, 맞는 걸까?

이 조합은 재스민 삼박, 레몬, 오렌지꽃, 카다몸, 샌들우드가 섞여 있어요. 북적거리는 향기죠.

어둠 속에서도 피부에 닿는 따뜻한 바람 같은 향기예요.

꽃잎과 감귤류, 밝은 햇살, 은은한 잔향, 그런 단어로 표현되죠.

이 향수의 이름은 '미스터리 웨이즈'예요.

조에 대한 걱정으로 불안해질 때면, 그럴수록 향수 만들기에 더 집중하기로 했다.
어릴 적 조와의 기억을 한 방울, 앞으로 내가 지내고 싶은 날도 한 방울, 그렇게 섞어 나간다.

이 향기가 내 주변을 감싸고 있을 때면, 슬픔의 그림자가 끼어들지 못하도록.

첫 향수 전시회는 성공적이었다.
인상 깊었다는 평이 많았고, 협업 의뢰도 하나둘 들어왔다.

향수 이름이 이 향기를 어떻게 설명하는지 궁금해요.

그런데…… 이런 말 해도 되려나?

당신,
초록 눈이 멋지네요…….

아주 멋진 '모스 그린' 눈동자를 가졌어요!

나를 가장 사랑해 준, 늘 따뜻하게 안아 준 다정한 나나 할머니.
할머니의 모습이 나에게 남아 있다는 사실에 감사했다.

아, 초면에 무례했죠?

아니에요. 고마워요.

왜냐하면 나는 우리 엄마 아빠와 닮은 구석이 너무 많기 때문이다. 만성적으로 우울한 성격, 예민하고 약한 몸.

엄마, 제 말 좀 들어 보세요.

참을성이 약하고 쉽게 화를 내는 것. 그런 짜증 나는 구석 말이다. 결국 전화 중에 울면서 소리를 지르고 말았다.

엄마! 그만해요!
조는 아프다고요!
병원에 가야 해요!

그 애는 내 아들이다.
내가 잘 알아.

진실을 마주 볼 용기가 없는, 비겁한 마음. 이런 것까지 내 핏속에 흐르고 있으면 어쩌지.

조, 잘 지내?
기분은 어때?

누나랑 어디 놀러 갈까?

나 좀 답답해서.

그거 알아? 조?

이끼 냄새는 아주 조용해.

아주 가까이 다가가야만 맡을 수 있어.

그거 알아? 누나?

이끼는 뿌리가 없어.

그래?
식물이 어떻게 뿌리가 없을까?

글쎄. 이 신비로운 식물은, 아마도

여전히 햇살 같은 웃음을 지어 보였지만, 부쩍 조의 웃음은 오래 가지 않고 곧바로 사라졌다. 그럴 때마다, 나는 조가 어딘가로 사라져 버릴 것 같아 불안했다.

어쩌면 우리는 한 가족임에도 불구하고
서로의 아주 작은 일부분만, 알고 싶은 것만 보고 있는지도 모르겠다.

대화를 시작하기도 전에 상처받은 마음만 앞섰다.

엄마,
제발 좀 들어 보세요!

엄마와 이야기를 할 때면 사소한 말 한마디가
돌이 되어 내 심장에 떨어진다.

왜 그렇게 말해요?

우리가 그렇게 서로의 감정을 소모하는 동안

내 말 좀 들어 줘요, 엄마.
조가 아프다고요.

'그 일'이 일어나고 말았다.

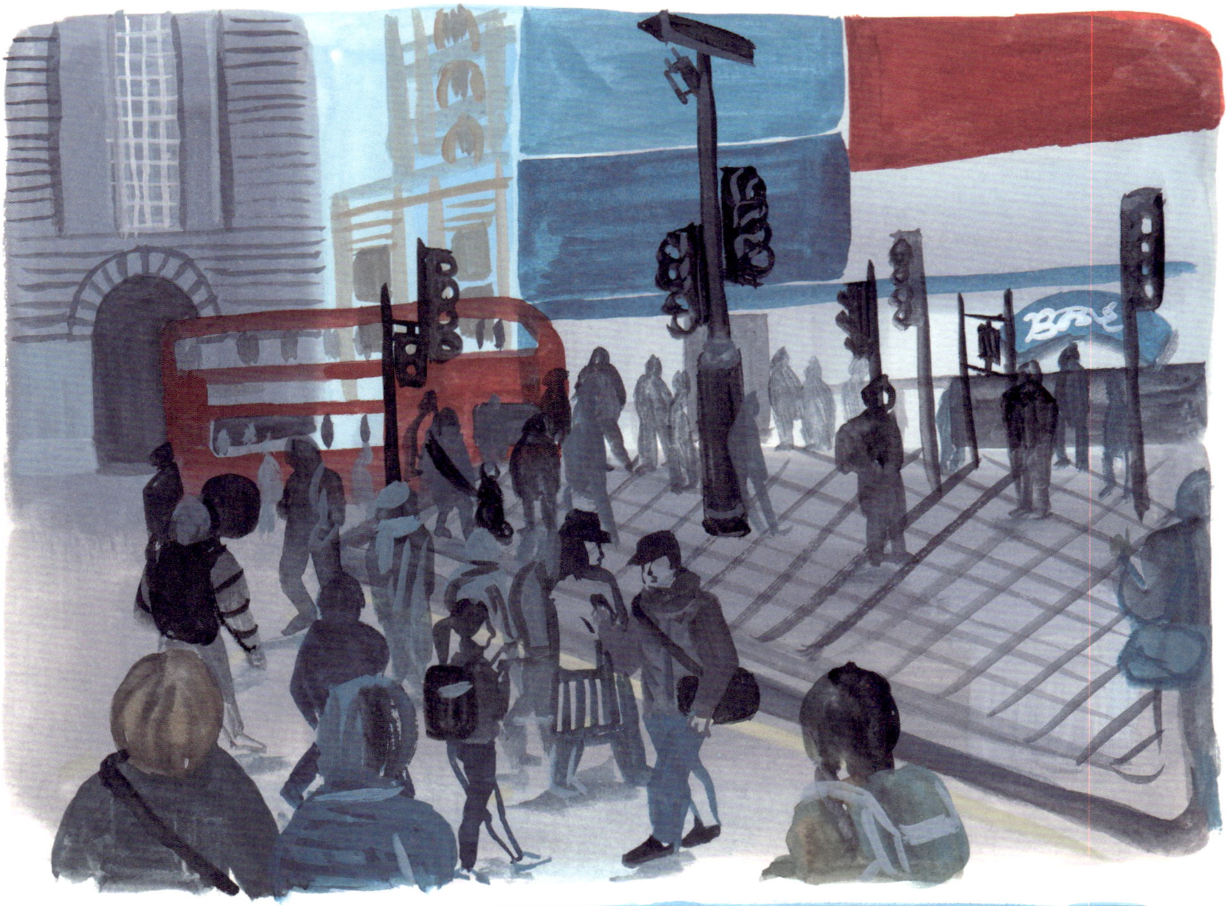

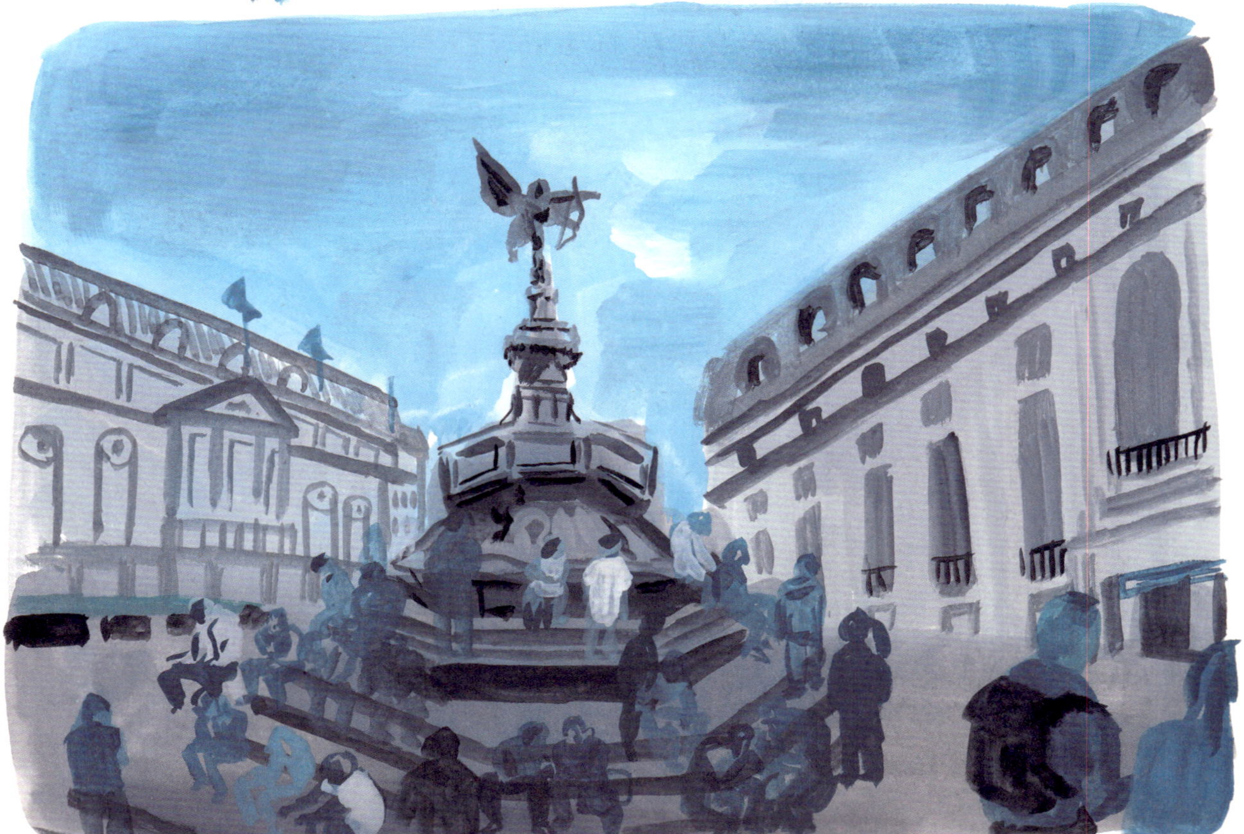

165

조, 너는 무엇을 본 걸까?

결국 나도 너에 대해서 아무것도 몰랐다.

조가 달리는 버스로 뛰어들었다. 목격자는 조가 망설임도 없이 담담하게 버스로 걸어갔다고 했다.

온몸의 뼈가 부러졌고, 위험한 상태였다.
조는 오랫동안 의식을 찾지 못했다.

일을 이렇게 만든 엄마에게
분노를 표출할 수밖에 없었다.

조가 깨어나기를 기다리면서
엄마와의 관계는 엉망으로 무너져 갔다.

조가 병원에 있는데도 시간은 계속 흘렀다. 향수 일은 순항 중이었다.

도서관과 문화 센터에서는 향기 만들기 워크숍 제안이 들어왔다. 다른 화장품 회사와도 정기적인 협업이 성사됐다. 지역 신문과 방송사에서 나의 작업에 관한 인터뷰도 진행되었다.

나는 그렇게 일도 하고, 아름다운 향기를 만들고, 사람들과 웃고 떠들었다.

내가 사람들 앞에서 이렇게 웃어도 되는 걸까?

나는 매일 미소를 드리우고, 사람들에게 향기가 전해 주는 다양한 감정에 대해 설명하고, 인생 속에서 아름다운 순간을 같이 붙잡자고 이야기했다.

인터뷰 영상 속 내 얼굴이 지나치게 밝았다.

거슬렸다.

조가 의식을 찾았다.
사고 후, 큰 수술을 몇 번이나 견디고 한 달 만에 드디어 눈을 떴다.

벨벳 위에 레이스, 울 양말,

오래 신어서 늘어난
가죽 신발.

난로 근처 하얀 작은 발.
부드러운 호박색 빛,

토스트에 따뜻한 버터.

연기에 가려진 시선,
흐릿한 안경,

서늘한 아침,
내 손을 감싸 주던 작은 손의 온기.

희미한 불 냄새.

하루살이 같은 촛불의 작은 떨림.

내 숨결에 따라 움직이는 깜박임.

너의 뺨 빛,

너의 첫걸음.

머리 위로 비치던 햇살.

아직 어린 나와 아기였던 너. 그날들이 기억나니? 조.
그때 네 방에서 나던 향기들을 나는 아직도 오늘처럼 생생하게 기억해.

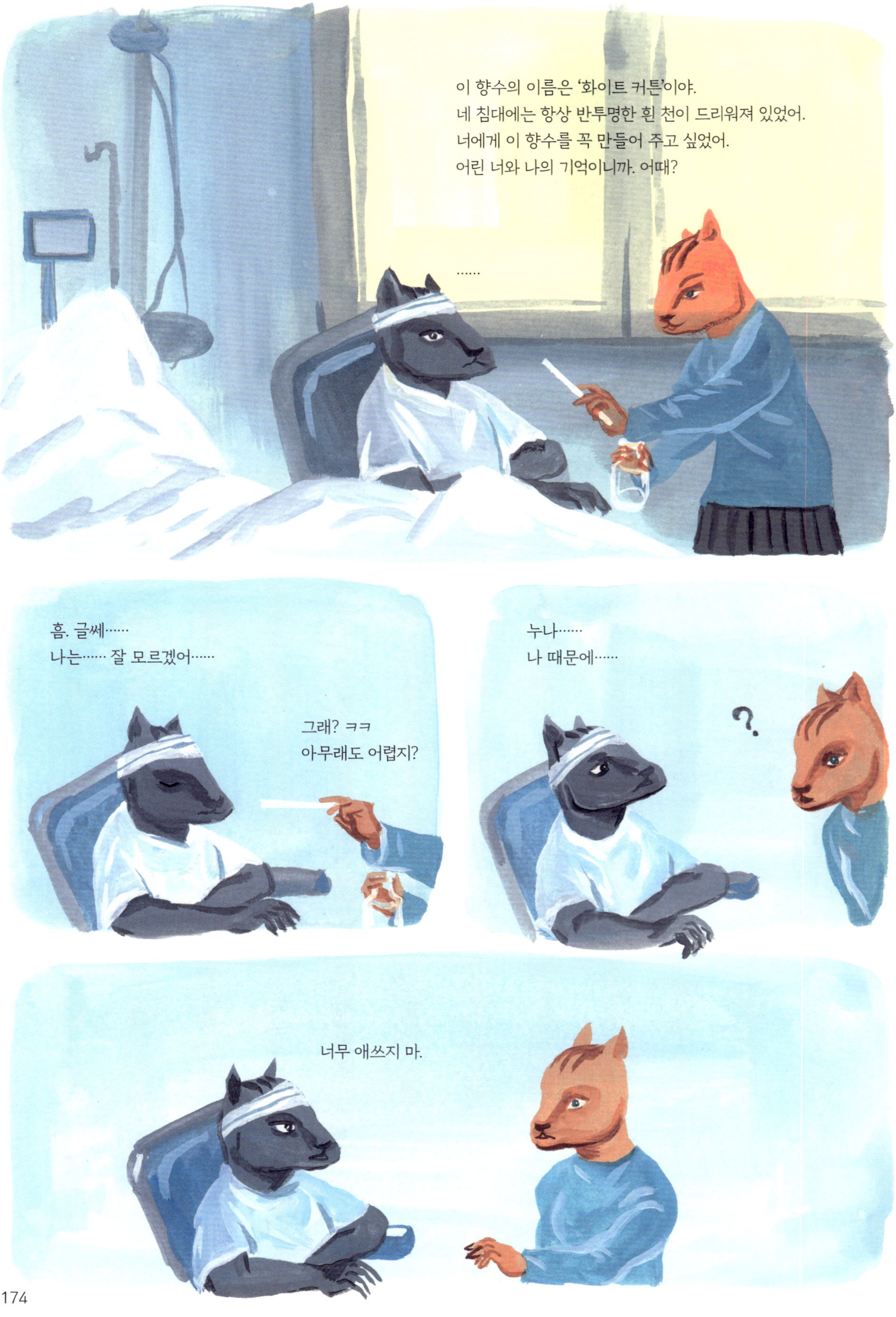

애쓰는 거 아냐. 아까워서 그래.
모든 것이 그냥 흘러가고 사라지는 게 아까워.
이렇게 향기로라도 붙잡아 두고 싶어서 그런 거야.

너는 내 인생에서 가장 향기로운 순간이었어.
네가 나에게 얼마나 소중한 사람인지, 넌 아니? 조?

매일, 유니폼을 입고 회사에서 자리를 지켰다.

퇴근하고 나서는 병실에 혼자 있을 조를 찾아갔다.

웬 풀이야?

이 풀 향기가 긴장을 풀어 줄 거야.

저녁 늦게 집에 돌아와서는 피곤한 몸을 가다듬고,
나를 위한 시간을 보냈다.
놓치고 싶지 않은 기억들이,
새롭게 떠오르는 아이디어가 생각나면
그날 꼭 새로운 향수를 만들었다.

주말에는 선물 가게에 향초를 납품하거나
향수 만들기 워크숍을 진행했다.
점점 더 많은 사람을 만나게 되었다.

이 향수는 '화이트 커튼'이에요.
허니, 스모크, 레더, 레진, 벨벳,
다크, 골든…….

사람들과 말을 나누지 않아도, 서로의 내밀한 취향과 기억을 나눌 수 있었다.
그것이 나에게 믿을 수 없을 만큼 큰 위로가 되었다.

누나, 나 책 그만 읽어 줘도 돼.

여기에서는 아무 소리도 들리지 않아.

내 안은 텅 비어 있거든.

나는 여기에 왜 있는 걸까?
아무런 의미도 없이.

그리운 향기가 하나.

또 하나.

새까맣게 아무것도 보이지 않는 어둠 속으로 나를 그냥 내맡기고 싶을 때가 있다.
가만히 있으면 편하다. 모르는 척 가만히 힘을 빼고 눈을 감으면.
그러면 내 영혼은 결국 깊은 어둠 속으로 천천히 가라앉겠지.

네가 얼마나 소중한 사람인지 아니? 조?
그걸 꼭 기억해.

매일 아침, 회사에 갈 때마다 우울했어.
혼자 멍하니 사무실에 앉아 있을 때면 때로는 죄책감이 들었어.
내 소중한 한 번뿐인 인생을 낭비하는 기분이 들었거든.

어린 시절, 쓰레기장과 다를 것 없는 그 집에서 온 세상의
역겨운 냄새들을 그때 다 알게 되었어.
나에게 유년은 그런 기억들로 잔뜩 짜깁기 되어 있어.

매일 아침, 무릎에 부딪히는 쓰레기들을 차 내면서 생각했어.
앞으로도 내 인생에는
늘 이런 길이 기다리고 있을 거라고.

그런데 말이야.
그 끔찍한 집에서 나와서 조금만 걸어가면,
다른 향기들이 나를 감싸 주었어.
다행히도, 내가 살던 그 집이 이 세상의 전부가 아니었던 거야.

벼락 맞은 나무에서 나던 숯 냄새, 호숫가의 이끼들,
내 곁에 그 향기가 있었어.
덕분에 숨을 쉴 수가 있었어.
그 향기가 없었다면 나는 외로움에 짓눌려서 숨도 쉬지 못했을 거야.

어떻게 인생에 향기로운 순간들만 있겠어.
난 나를 스쳐 간 모든 냄새에, 향기에 감사하며 살기로 했어.

이제야 내가 원하는 대로 삶을 선택하고 있다는 생각이 들어.
나를 감싸는 향기를 내 힘으로 만든다는 것은 나에게 그런 의미야.

신기하게도 향수를 만들 때는 힘이 생겨.

더 잘하고 싶어져.
내가 만들 수 있는 최선을 매일 매일 도전하고 싶어져.

어릴 때, 늘 궁금했어.
나는 무엇 때문에 살아가는지.
이렇게 고통스러운데, 왜 태어났는지.

지금 향기를 만들면서 보내는 시간이 자연스럽고 편안해.
이게 내가 찾던, 나에게 주어진 삶의 한 조각이 아닐까?

이 일로 어떤 일을 더 해낼지 궁금해.

시간은 계속 흘렀다.
서른 번째 생일이다.
가까운 친구들과 케이크도 잘랐다.

달콤했다.
스물두 살 내 동생은 병상에 누워 있지만,
나는 서른 살을 축하하며 달콤한 케이크를 먹었다.

생일 축하해, 홍당무.

Happy Birthday

나 할 말 있어.
이제 홍당무라고 부르지 말아 줘.
그 별명 들을 때마다 쥘 르나르의
'홍당무'*가 나인 것 같았거든.
늘 싫었어.

* 어느 한 가정의 일상을 통해 '어린이 학대'라는 주제를
그려 낸 성장 소설이다.

개명 신청을 했다. 미들 네임으로 이끼(Moss)를 넣었다.
축축하고 어두운 곳에서 자라지만,
뿌리도 없고 바위에도 들러붙어서 살 수 있는,
새들의 둥지가 되어 주기도 하는 강하고 부드러운 이끼.
조의 말대로 이끼 위에서 나는 거짓말을 하지 않는다.
내 인생을 거짓말로 채우지 않을 것이다.

SNS도 새 이름으로 바꾸었다.
천천히 나를 나의 의지로 바꾸어 갈 것이다.

네 SNS……
다른 사람인 줄 알았어.
무슨 일이야?

엄마, 아빠와 연락을 끊기로 했어.

나에게 상처만 준 아빠에게, 조를 그렇게 방치했던 엄마에게 더는 휘둘리고 싶지 않았다.

이젠 내가 내 삶을 온전히
살 수 있도록 결단하고 싶어.

내가 불리고 싶은 이름으로 불리고 싶어.
나를 감싸는 모든 것을 스스로 선택할 거야.

낳아 준 부모에게
이렇게 잔인하게 굴다니,

넌 벌받을 거야!

벌받을 거라니.
이미 오랫동안 내가 한 무력한 선택들에 대한 벌을 받고 있었다는 기분이 들었다.
화목한 가정을 가지지 못했다는 결핍이 그동안 부자연스러운 연락을 이어지도록 만들었다.
그런 가짜를 연기하며 인생을 허비한 데 대한 벌을, 나는 이미 충분히 받고 있었다.
그래서 엄마의 그 말이 이제는 두렵지 않았다.

어른이 되면, 무엇인가를 결정해야 하고 그에 따른 책임을 진다.
나를 위한 결정이 무엇인지, 조금씩 알아 가고 있다.
내가 나이가 들어 어른이 되었다는 것이 두렵게만 느껴지지 않는다.

대부분의 사람이 냄새를 맡았을 때
특정한 순간으로 되돌아가는 경험을 합니다.
다른 감각과 비교해 보아도
후각은 우리가 가진 아주 강력한 감각이지요.

나나 할머니처럼 위로해 주는 너의 모든 향기.

죽을 때까지 너를 지켜 줄게.
난 이 약속을 꼭 지킬 거야.

이 저울은 0.001g 단위까지 측정할 수 있어요.
아주 섬세하지요.

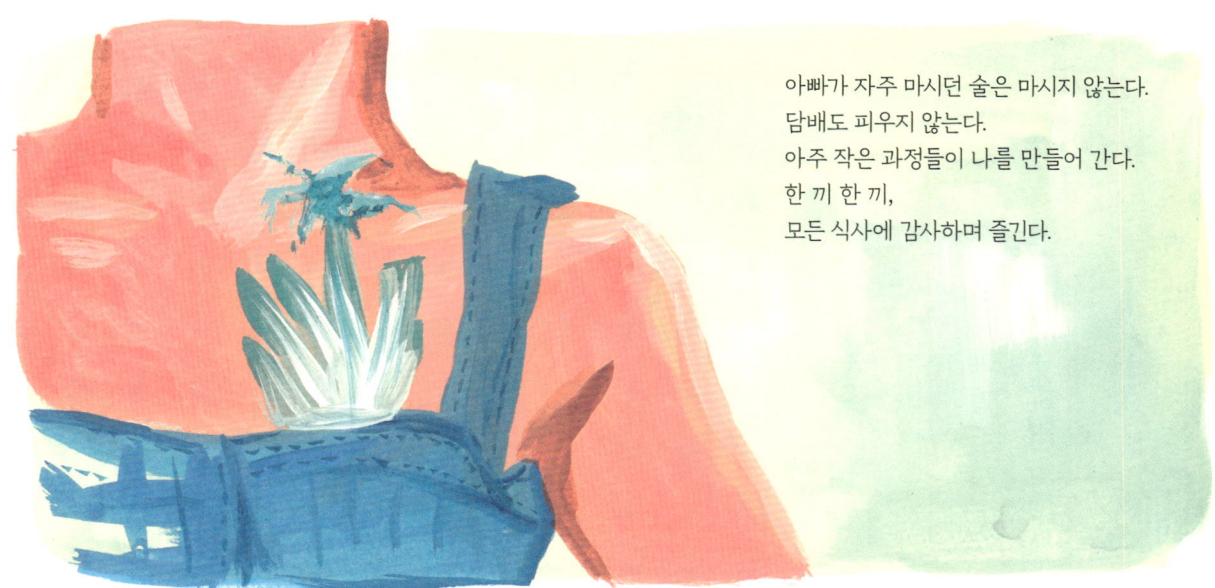

아빠가 자주 마시던 술은 마시지 않는다.
담배도 피우지 않는다.
아주 작은 과정들이 나를 만들어 간다.
한 끼 한 끼,
모든 식사에 감사하며 즐긴다.

여기 천연 에센스 오일과 식물에서 우리가 직접 추출한 오일들,
그리고 일반적으로 사용하는 향수 성분 약 120가지가 준비되어 있습니다.
우리는 이것들을 합성해서 각자의 향기를 만들어 낼 거예요.

우리가 찾고 있는 조화로운 효과를 얻기 위해 우리는
아주 조심스럽고 느리게 이 과정을 진행할 거예요.

어떤 조합을 선택하실 건가요?

해가 들어오는 창가에 소곤거리는 추억들을 올려 둔다.
내가 사랑하는 것들로 채우고,
그 창을 통해 바깥 풍경을 바라본다.
매일 아침, 짧게 주문을 외우면서.

인돌 에센스에 대해 이야기해 볼까요?
'인돌'은 흰 꽃에 광범위하게 함유된 분자 화합물입니다.
재스민, 오렌지꽃, 목련 그리고 특히 백합에 다량 함유되어 있어요.
다소 불쾌함을 동반한 특이한 향기죠.
스카톨과 함께 대변 냄새의 주성분이지만,
순수한 상태로 미량일 때는 꽃냄새로 인식됩니다.

그거 아세요?
우리가 널리 사용하는 향수 성분인 이 인돌이
'부패'의 향기와 유사하다는 것을요.
몸이 썩을 때 엄청난 양의 인돌이 발산되면서
이 향기는 죽음의 상징 중 하나가 되었답니다.
장례식장에 백합이 놓이는 것도 우연이 아닌 것이지요.

흥미롭지 않나요?
부패의 향기와 유사한 꽃을 의도적으로 장식하다니.

자, 죽음의 향기. 인돌을 0.001g을 추가해 볼게요.

인생은 단순하지 않다. 결국 슬프게 끝났다고 해서,
기뻤던 기억까지 사라지는 것이 아니다. 그 모든 과정을 존중해야 한다.

이 작은 한 방울도 향기가 남습니다.
우리가 생각한 것보다 더 전체적인 조화에
영향을 끼치죠.

하루하루, 우리는 조금씩 아주 작은 한 방울을
우리의 인생 위로 떨어뜨린다.

여기 들어가 볼까?

귀여운 가게네.

너한테 딱이야.

나 이런 색은 처음 신어 봐.

네 초록색 눈이랑 색이 똑같아. 너무 예뻐. 내가 사 줄게.

내가 이 구두를 잘 신고 다닐까?

좋은 신발이 좋은 곳으로 데려다준다잖아.

이 모든 순간의 조합이 어떤 향기를
만들어 낼지 나는 아직 모른다.

나는 오늘도 천천히,
아주 조심스럽게 그 과정 위에 있을 뿐이다.

그래서 더 아름답고요.

지금에서 또 다른 지금으로, 새로운 향기를 만들어 봐요.

전에는 한 번도 맡아 보지 못한 향기를.

작가의 말

한때 우리는 다 어린아이였다.
그 순간의 기억과 감정은 생생하게 우리 안에 영원히 살아있다.
어린아이는 '굳지 않은 시멘트'와 같다는 이야기를 들었다.
어떤 무심한 발자국이 지나갔고, 그 흔적을 지워내지 못한 채 살아가는 어른들이 있다.

나는 내 친구 '홍당무'를 존경한다.
자신의 흔적들을 담담하게 드러낼 수 있는 용기를 가졌고,
그것을 극복하기 위해 내가 아는 그 누구보다도 적극적으로 자신의 인생에 도전하는 친구였다.
홍당무가 더는 슬프지 않아서
이 이야기를 쓰고 그리면서 나는 망설이지 않았고, 조금 더 행복해졌다.
얼마 전 친구는 쉽지 않은 임신 과정을 거쳐 자신의 눈과 코를 쏙 빼닮은 아기를 낳았다.
보내온 몇 장의 사진은 모두 놀라움과 기쁨의 연속이었다.
그녀의 결혼식에서, '조'가 멋진 갈색 정장을 입고 그녀 옆에서 환하게 웃고 있었다.

우리가 가진, 스스로를 치유할 수 있는 회복의 힘을 믿는다.
내가 글을 쓰고 그림을 그리는 것처럼
홍당무는 자신의 시간 속에 새로운 향기들을 만들며 자신을 찾아가고 있다.

그녀의 이야기가 크고 작은 세상의 많은 홍당무들에게 희망이 되기를 바란다.